阿坂家は星のにおい

澤田七菜

七月堂

目次

阿坂家は星のにおい

ハコのなかの光たち

このあとハコいこう
ハコってクラブのことですか

酒に沈んでいる冷凍イチゴを救出しながらきいた
クラブに行ったことがなかったし　おどり方もしらなかった
音楽は丸まってきくのがすきだったからしぶったが
知人はわたしの顔をみようともしなかった
断り方もしらなかったので　名古屋の夜のくらい道を
雨を避けながら歩いた

おもたい扉をあけると　アジアンテイストの音楽がとびこんできて
ひとの声がきこえなくなる

天井で赤い光の粒が回っていた
床には星のような白い光の粒が広がっていた

ゆれるひとびとをみて　ここにいるべきじゃないとおもったが
知人はわたしに酒を預けて　ゆらゆらおどりにいった

けれど　店の奥においてあるお香が
よく行く雑貨店のチチカカのにおいに似ていたので親しみを覚えて
カウンター席に座った

横で男がふたり　酒を飲みながら薬を吸っている
だれもが知っていた

だれもが見なかった

あとから数人　その男たちに話しかけて　薬をもらっていた
彼らはからだに毒をながしながら　あまいにおいを漂わせていた
そのうちのひとりがわたしの目の前まできて
じっとみつめてきたが　なにも言わずにもどっていった

知人は相変わらずゆらゆらおどっていた
わたしは酒を飲んでいた
男たちは薬を吸って幸せそうにしていた
女の人はソファで口角をあげて眠っていた

これから先のことなんて　どこにもなかった

阿坂家は星のにおい

きのう　阿坂家の女の子が
夜の星になった

けどまだ
その光は地球に届いていない
上にも下にも
右にも左にもある夜を見渡しても
見つからなかった

なので　夜を纏って女の子に会いに行った

自動ドアから漏れる光が
やたら夜のなかで目立った
わたしは　泣かないとおもったので
目尻にだけアイラインをひいた

阿坂家パパが
快活な声でわたしを呼ぶ
なんで　とおもう

血の横に
最も濃い死を置いているのに
なぜ　そんなに静かに
美しいのか

そうか

死より
弱いものも強いものも
ないんだね

阿坂家のもうひとりの女の子を抱きしめると
肩が濡れた
アイラインは消えた
7日かけて
ゆっくり星になった女の子のように

ウミガメでさえ泣くのに
わたしは泣かないとおもっていた
でもそれはちがった

阿坂家に漂う

死のにおいにあてられて
死に限りなく近い阿坂家は
なによりも美しくて
よりいっそう光って見えた
死んだ人がなる星より
光って見えた

だからわたしは泣いた

ひとり

信号が黄色にかわり　ブレーキを踏んだとき
ふいに　島での日々を思い出した。
信号は消え　残像が残り　黄金色の稲へとかわっていった。

島は坂道が多く　緑と稲に覆われ
つねにほどよい風がふき　稲を揺らしていた
わたしは島の人々から古い家と自転車をもらったのだった

両親も　友人も　知人も
すべてを置いてここに来たわたしは

生まれたての赤ん坊のように軽やかだった

黄金色を　肌に　目に　髪に　爪に
反射させながら　風に吹かれていると
島の人が　目を覗き込んできく

あんた　この島にひとりで来たんかね
はい
ひとりで生きて　ひとりで死んでいくんかね
はい

神社の神主さんが自転車で島を案内してくれた
商店街　学校　図書館代わりだというおじいさんの家
稲畑の細い道を抜けて曲がると
ガードレールで整備された山道へ出た

わたしは息をきらせて自転車をこぐ
揺れる視界に神主さんを必死におさめる

神主さんが足を止めて崖の下を指さした
木々のすきまに　大きな鳥居がたつ神社がみえた
境内に大きな水たまりがあり
ランドセルを背負った子供たちが　水を蹴って遊んでいる

あなたが来てから
水たまりが少しずつ増えています
止まることはもう　ないのでしょう
やがて　この島は沈む
そのときあなた　この島と一緒に沈んでくれますか

神主さんの視線がわたしを突き刺す

わたしはただ　呼吸を荒げることしかできなかった
ひとりで死んでいく気など　本当は毛頭なかった

……信号が青にかわった
黄金色の稲が消えた
けれど　視線は突き刺さったままだった

雷魚

始発の時間帯の駅は閑散としている
湖に向かうために　電車に乗った

同じ車両に乗っている人たちは
柳のように頭をたれ
それぞれの場所に運ばれる

運ばれたところから　迷いもせず
迷ったとしても　速やかに
まっすぐ歩き始める

わたしは迷っていることすらわからず
行ったり来たり
一足遅れて　みんなと同じ地点につく
いつだってそうだった

ようやく辿り着いた湖は
穏やかな波を立てて
水面に霧を漂わせている

少し歩くと　テトラポットがあり
男が　大きな魚を膝に乗せて　なにやら話し込んでいた
どうやらその魚と話しているようだった
魚の口からは　ポクポクと濡れた音がする

母さん　仕事まだ慣れないよ　入社して5年目なのに
人とうまくいかない　みんなできているのに
僕が人より優れているのは　この湖に迷わず来られることだけだ

男の隣に座って
どうしたのですかときく

男は　泥臭い魚を抱きしめて
この雷魚はね　ぼくの母なんですよ　とこたえ
魚を悲しい目でみつめる

僕はみんなのようにまっすぐ歩くことができなかった
でもそれを理由にはできなかった　許されなかった
あなたも　ここに来るまで　行ったり来たりしたみたいですが
おかあさんが　雷魚なんですか？

いいえ　ちがいます
単に自分自身が　行ったり来たりしてしまう人間なんです
男は悲しい目でわたしを見つめた

わたしは立ち上がり
行ったり来たりしながら
家へ帰った

子宮パン

駅の階段をのぼっていると
いつもパンのあまいかおりが　髪を撫でていく
たまらなくなって
思わずそのかおりがするパン屋へ向かう

閑散とした店内の窓際の席にすわって
買った焼きたての塩パンをかじる
中を覗き込む

まるい空洞となった

バターの跡地
毛布のよう柔らかく
かすかに明るい
これを見るたび
いつも子宮みたいだとおもう

だから密かに　塩パンのことを
子宮パンとよんでいる

思い出す
かつていた子宮を
なかの水が波立つ音を
そこにかえることを

仕事に

人に
恋に
自分を悲観することに
疲れたとき
わたしはそこをおもうのだ

外からの音が
すべて波の音にかわり
内側の
遠くないところから
母の鼓動がきこえて……

「新作のパンの試食はいかがですか？」

店員の目の奥に

海が見える

祖父の葬式

6月のはじめ　祖父が死んだ
もうすぐ退院するというところだった
わたしはその日の朝方　母が突然飛び起きて
家を飛び出したのをみていた
眠りについて起きたら　祖父は死んでいた

病院から帰ってきた祖父は
いつも昼寝していた部屋で
なにを考えているのかわからない顔で眠っていた

霊柩車は　祖父を乗せて家を出るとき
クラクションをいちど鳴らした
それに向かって頭を下げた

湯灌をおこなっていると
叔父が大声をあげて泣き始めた
みんな彼をなだめるのに必死だった
わたしは慣れない仏式の作法を　見様見真似で覚えるのに必死だった

とうとう　祖父は焼かれることになった
そのあいだ　火葬場のまわりをひとりで散歩した
全く知らない場所

近くを浅い川が流れていた
細い道に木々が生い茂り

木漏れ日が　喪服をあたためた

少し歩くと　ひらけた場所があって
ベンチがあった
座って喪服に染みついた死のにおいを払った

空は真っ青で
ひろがる木々の向こうに煙突がみえた

あの建物で　祖父はいま静かに燃えている
肉が燃えている

骨だけになった祖父をみて
心の中で　お初にお目にかかりますといった
もうわたしの目では

この骨が祖父なのか　まったくわからなくなってしまった
けれどみんながこの骨を祖父としてひろっているから
箸で骨をつまんだ

骨は
石鹸で洗ったかのように真っ白で
眩しかった

雨のなかの友達

夜の歩道
はげしい雨がふるなか
友達のうしろを　傘をさしてあるいていた

車が通ると
ライトがぬれた道路に反射し
そのたびに友達は
その光のなかに埋もれてしまう

黒い髪

赤い服
透明な傘
声

白い光のなかに埋もれていって
一瞬姿を消す
かろうじて影をのこして

わたしはそれをみて
友達は
いつか死んでしまうんだと思い出した

いま目の前にいる友達は
若くて健康で
みずみずしくて

生で
溢れかえっている

けれど
いま　の
い　のあいだに
息絶えてしまうかもしれないことを
忘れてしまう錯覚のなかで
わたしたちはあるいていることを

光に消える友達をみて
思い出す

友達も
わたしも

風が吹けば折れて
鳥がつつけば穴があき
誰かのものとすり替えることができる
うすく　もろいもので

とめどなくふり注ぐそれらを
かろうじてふせいで
生きている

手遅れ

手遅れじゃないなんてことは
なにひとつなかった

朝　珍しく早く起き　駅に向かった
途中にある神社で
老人たちが　ラジオ体操やパターゴルフをしているのをみかけた
朝に起きるために　何時間も這いずるように眠ったのに
昼間　何も考えることができず
ただ　立ち尽くしているわたし

いったい　どこから間違えていたのだろう
人生はやさしかった
老人たちはそんな顔で過ごしていて

いったい
いつになったら
そうなれるのだろう

駅の近くにある　シャッターが閉まった家のポストに
たまっている郵便物
昔　ポストはいつも空っぽで
犬と老婆がいて　シャッターも常に空いていた気がするが
いつからこうなのか　思い出せない
ポストに郵便物がたまり続ける　本当の理由を知ろうとしない

養豚場に行ったとき　死んでいる子豚を何匹も見た
抱き上げると　まだあたたかい
人が通るところに寝かされているが
踏みそうなのに　不思議なくらいに踏まない

死んでしまった子豚は
このまま糞といっしょに堆肥にするのだという
やわらかい骨も　産まれてきた事実も　全て粉にして
農作物の栄養となって
わたしたちにかえってくるのだという

もう一度子豚を抱き上げてみる
先ほどより　ずっと
冷たい

必死にそのからだをさする
わたしの手ばかりがあたたかくなって
子豚は　どんどん冷たくなっていく

幽霊

なんてこともなく　ただ生きていたある日
消えるのを手伝ってほしいという幽霊に出会った

幽霊はわたしが最も恐れているものだった
触れたくないものだった
いらないとおもっているものだった
けれど　言葉を発する一種の生き物なのだ
その生き物に頼まれたことを無視することはできなかった

幽霊は鳥居だけが建っているところを探していたので

田んぼに建っている赤い鳥居へ連れていった
「これをくぐれば消えるだろうが　消えることが怖いから　手を繋いで」
その頼みをことわった

恐ろしくて触りたくない
それに　怖いのならば鳥居をくぐらなければいいじゃないかと
震えながらいうと

それはできない
消えることは抗えないからといって
幽霊は抱きついてきた
驚いて呼吸をとめる

撫でつけられたサテンのテーブルクロスのような

やわらかくて　なめらかな感触に泣きたくなって
青天に向かって
息を一つ吐いた

なにも話さないわたしをみて
幽霊は手を差し出した

鳥居を潜る
幽霊はきえ　わたしはひとりで立っていた。
鳥居を潜った先に見えたものは田んぼ

繋いだ手には
あの感触がずっとのこっている

家に帰ったときも

箸を持ったときも
やわらかくて　なめらかな感触が
のこっている

詩をかいていると

詩をかいていると
気分が沈む

書いている詩の　核心に触れるたび
果てしない　青々とした草原が
頭のなかにひろがって
あまりの途方のなさに
目の前が　ぐらりと揺れる
心臓のあたりが　つめたくなる

わたしの中にあるのに　知らない記憶を
掘り返されているようで
立っていられなくなる

そのうち　自分がわからなくなって
目を瞑ってしまう
そして　気がついたら
草原で　風に吹かれている

空には　灰色の雲がひろがり
その隙間から　白い日差しがもれている
風は　草や土　水のにおいをいっぱいに含んで
冷たく吹いて　髪と顔をなでる

草原は　果てしなく続いている

ただ　日が差し込み
ただ　風が吹いている

ここはどこなのだろうかと
いつもかんがえるのだが
すぐに
これが詩のなかであると気がつく

わたしの詩は
わたしがつくりだした　墓だった
いつか　この墓にはいって
わたしがかいたとおりに　なるのだろう

だから　詩をかいていると
気分が沈む

心臓が　ひえる

そこはかならず　ひとりだ
灰色の雲がひろがっている
風は　冷たい

詩をよんでいると

詩をよんでいると
どんどん親指がかわく

親指から　どんどんかわきがひろがって
たまらず水を飲む
水を飲んで　飲んで　飲んで　詩をよむ
それでも最後には　カラカラになっている

詩をよんでいると
なぜか飼っているうさぎが寄ってくる

そして詩集にかぶりつく

思わず声を上げる
やめてよ　あなたには長生きしてほしいんだから
それでも詩集はどんなおやつよりも食いつきがよくて
おかげでわたしが持っている詩集のほとんどは
うさぎの歯形がついている

詩を読んでいると目の前がぐらつく
さまざまなひろい草原が
ただでさえ隙間のない頭に入り込んできて
行くべき草原がわからなくなる

そのうちくらい穴にはまってしまって
わたしはさらに詩をあさる

あさって　あさって　あさって
やはりさらにわからなくなる

詩をよんでいると　笑われる
かくの？　詩を？　ポエムを？
わたしは黙ってその人の目を見つめていう

かきます

すると
開き直るなポエム野郎っていわれる

あなたはいま
言葉を並べたよね
それはもうすでに詩だよ

あなたは息をするのと同じくらい
このポエム野郎と同じくらい詩を発しているんだよ

夏の台所

台所はいつだって
夏の記憶が濃くのこっている

小学生の頃
夏は毎日
祖母の家で　昼食をつくるのを手伝った

ふるい台所で
扇風機が首を振り　空気をかきまわす

かきまわされたあつい空気を
からだにまといながら
皿を洗う記憶

洗剤と水と　煮ている食材の
まざった
すずしいにおい

食材を切るとき祖母がかならずいう
「手を猫の手のようにするのよ」

すりガラスの窓から漏れる陽が
湯気を
流れる水を
祖母の腕の産毛を

てらし　ひかる
そのうつくしく
まぶしい
生活の光景

いまおもうと
かなしいけしき
かなしいにおい

もうない味
もうないにおい
もうない言葉

祖母は老いて小さくなり
わたしはおおきくなった

けれど　時だけは
いつまでも老いずに
厳格な姿で
あのときの青々しさをたもったまま
台所の影に
静かにとどまっている

履歴書

夜　文章をかいていた
嘘の言葉ばかりを並べたものだった
やりたくないことを　やりたいといった
生きていくためだということは
あたかも二の次だというようにかいた

この文章は　必ず夜かくようにしていた
外は暗いから　言葉たちが変に逃げないだろうとおもって
ただでさえ嘘で　自分の本意ではないから
スイスイと指の隙間から逃げられてしまうのだ

書かれた言葉たちは生まれたばかりで
やわらかく　すぐに形を崩してしまう
曖昧で不安定なものだった
だから言葉が崩れてしまわないよう
ひとつひとつに息を吹きかける
そうすれば曖昧な言葉たちは
しっかりと形をえて　そこにとどまる
触れても頑なにその形を維持している

もっと若い頃は　皆とは違うところをさがして
ちがうことをしたがっていたのを思い出す
けれど今は　皆と同じところを血眼になってさがしている
輝かしく思えていたはずの　皆とちがうところは
いまでは集団に溶け込むには邪魔なものになっている

昔は　あんなに嫌っていたことが
いまではただ自分にはできないことだったのだと
思い知る

この文章を書きながら
これから先のことを考えるようになった
生きて行く不安は　深く暗い

昔　嫌っていた薄っぺらさ
薄っぺらいがゆえに
わずかな光でも透かして通してしまう　身の軽さ

身が軽いがゆえに
猫を見つければついてく
水の匂いに川を探す

蛇もどき

深夜
工場の機械が唸ったような大きな音を立てて
その雨はやってきた
わたしはきちんとした人間ですと　宣言しているときの
外の雑音に似ている

怯えて憔悴しきったわたしは
ながい間閉じられたままだった
本を手にとり　栞がはさんであった58ページを開いた

そのページには　蛇のような跡が残っていた
栞紐が紙に長年押し付けられて生まれたものだった

蛇もどき
そう思った

昔　友人に
あなたは　人間もどきだよねと
笑われたことがある

テスト用紙に
名前を間違えずに書くことくらいしかできない
二十歳になってそれにようやく気がついたときには
周りが立派に人間をこなしているなか
後ろからその姿を眺めて

ごめんなさいと
わけもなく謝っていた

栞紐を58ページから外して数日後
蛇もどきは消えてしまった

本棚から窓にかけて
なにかが這いずった跡があった
何をしても消えない

夜
雨が来ると
その跡に額をこすりつける

穏やかな逆転

生きる時間が逆転した
自粛で外に出なくなり　陽を浴びなくなったためだった
日が昇るころに眠り　日が沈む前に起きる
起きてまず目にするのは　西の窓から差し込む光
そしてすぐ夜がくる

その夜の中で　生きていくようになり
さまざまな姿をみた

夜しかしないにおいがあった

毎晩　停留している空気のにおいをかいだ
ある日は　夜中に釣りへ出かけた時と同じ匂いがした
小さく　やわらかいイカを釣った
けれど　大きくなって命の糧になってもらうために海へ返した
それを　釣り船の船長はもったいないと言った
しお　どろ　皮　風のまじったあの日のにおい
くさい　濃すぎる命のにおい
人も常にあのにおいを　心臓あたりに巡らせている

夜にだけ聞こえる風の音があった
昼間はただの騒音で　どこか急いで吹いているようだが
夜になると　ただ吹きたいから吹くという音になる
それに伴いきこえてくる　換気扇のコココと揺れる音
風からのノックにきこえるから
いつもその音をきいては　キッチンの扉を開き

命のにおいがする風を招き入れた

夜にしか見えないものがあった
隣にある病院の　いつも決まった一室の窓から漏れ出ている灯り
わたしを襲おうとしているような　暗い木々たち
空気が横切る音がする　清々しい車道
風が草の隙間を通り過ぎ　草どうしが触れあう姿

夜にしかしないことがあった
布団でからだを包む前に　本を開き
全ては読まず　流し見して
春の新芽のかおりがするやわらかい言葉たちを摘み　反芻した
鼻腔はあたたかいかおりでいっぱいになった

朝４時になると　新聞配達の音がきこえてくるから

摘んだ言葉たちと共にねむった

朝も昼も夜も同じ生命が循環していた
けれど夜は　朝と昼とは違って
剥き出しになった冷たい生命だった

冷たくうつくしい輝きが
わたしの顔をなでる

ひかり

昼食を食べたあと
窓を開けて　網戸を閉め
ソファに仰向けになった
青く澄んだ空がよくみえ
網戸に濾された　かろやかな涼しい風が
わたしの素足を撫でていく

頭をすこし上げれば
胸　腹　腿　足首の順に
わたしのからだがみえて

足の爪が
陽に透けて　ひかっている
庭にたっている
芽吹きたての木々の　輝かしさに似たそれ

風が吹く音と
家のすぐそばにある
デイケアセンターからきこえる笑い声
そのデイケアセンターの屋根の上で鳴いている
小さな鳥たち
何度瞬きをしても
同じ位置にいるようにみえる雲

わたしはそのことに

安心しきって
とても穏やかなきもちで
その雲を眺めながらねむった

風に足を撫でられて起きる
どれだけねむってしまったのかわからなかったが
空の青さも　明るさもかわっていなかった
デイケアセンターからきこえる笑い声も
鳥たち鳴く声も

けれど　雲は
ねむるまえより
すこしだけ　右に移動していた

それを見ると

涙がこめかみをつたって
ソファに落ちていった

わたしの内側のひかりは
何度瞬きをしても
同じ明るさであるようにみえていた

面接官

自己紹介をお願いします
あなたの性格を
あなたが今までで一番うれしかったことを
あなたが今までで一番辛かったことを

面接官は
わたしの内側を
大きな手でつかんで暴こうとしてくる
うれしかったことも　辛かったことも

それを感じたあとの行動が必要で
その感情のまま　留まらせてはくれない

はい、ありがとうございます　あなたの内面がよく伺える回答でした
他にもいくつか質問したいのですがよろしいでしょうか
はい
あなたが考えることを自由に回答してくださいね

自由に
その言葉で肩の力が抜けた

あなたにとって生きるということは、どのようなことだと思いますか？
わたしがいなくならないための行為だと思います

面接官は首を傾げる

わたしも首を傾げる

心は　胸や脳にあるといいますが、
あなたの心はどこにあると思いますか

からだのいたるところに
爪や　足の裏にだって

本日の面接はこれで終了です
お疲れ様でした
お帰りの際は　来た道と　同じ道を
後ろ向きで　同じ歩数　歩幅で

わたしの視界はぐるりと回った

「面接を踏まえて、社内で検討したところ、ご希望に添えない結果となりました。それと、生きるということは、何かを成すためであり、心は、脳にあるんですよ」

わたしはその企業のパンフレットを足の裏で捻じった

黄色いベル

朝に駐輪場に置いた自転車が
帰ってきたらなくなっていた
盗まれたのか　移動させられたのか
見つけ出すまではわからない
そもそも　自転車にのってきたのか
なにか自分が　まちがえてしまったのではないか
そんな気がしてならなかった

日が沈みそうだった
薄くなっていく影を見つめながら

輪郭のある広い駐輪場を歩く

ベルが黄色いから　すぐわかる
あれがついているのは　わたしの自転車くらいだろう
そんなことを思いながら探していると
自転車はすぐ見つかった
鍵をさそうとする
……ささらない

よく見れば　その自転車はわたしのものと比べれば
サドルも高く　幾分かきれいなのだった
黄色いベルは　あてにならなくなった

また歩きだす
輪郭を持っていた駐輪場は

いつしか　海のようにひろく　曖昧になっていった
暗くなるにつれて　風が冷たくなり　野花の匂いが濃くなる
電灯に虫が集まりはじめ
隣の神社の木々が　新たな顔をあらわす

他の人が自分の自転車を容易に見つけ　帰っていくのをみて
冷や汗がとまらなくなる

常に何かが間違っている気がする
捨てよう
見つけ出すことを諦めれば
こんなに　悲しむことはない

帰ろうと　踵を返したとたん
目の前には　黄色いベル

わたしの自転車

悲しみを親指に擦りつける
その指でわたしは
ベルをいちど鳴らした

大王崎

伊勢の神崎、国崎の鎧、波切大王なけりゃよい……
大王崎灯台
記憶はいつも　小さな港からはじまる

港で泳ぐ魚を眺めて　身震いをして立ち上がり　干物屋を目指す
干物屋の店主から　話をひとつふたつきき
帰りにふぐの干物を買う約束をして　太った猫を横目に坂道を登る

神隠しにあった犬のこと　テレビの取材が来たこと
住み着いている野良猫が怪我をしていること……

口の中で話を反芻しているうちに堤防が出迎え
洗いたての雲を浮かばせた空の下に海が見える

ここから先の灯台への道のりはひどく冷たい
小さな店がいくつか並んでいるが　開いている店は少ない
かつての賑わいを影に潜めて　波と風の音だけを更新し続け
人などほとんどいないのに　いつだって気配を濃く潜ませている

コンクリートのひびや　草の隙間
錆びたシャッターの向こうから感じる気配
寂しく美しい視線

それでも　オアシスのようにぽつぽつと開いている店はあって
石油ストーブが置かれている食堂で
焼きウニと真珠貝の串焼きを食べる

ストーブの上で沸いているヤカンを眺めていると
奥の座敷から
酒に酔った男たちの笑い声や食器がぶつかる音が聞こえてくるのだが
一度だってその姿を見に行ったことはない
ウニの殻を吐き出しながら店をあとにする

82

男たちの声が小さくなっていき　きこえなくなると
洗いたての雲と同じ色をした灯台が姿を現す
首をぐんと伸ばしててっぺんを見上げる
まぶしい

波と風の音だけがはっきりときこえる
散らばっている視線が全身を撫で上げる
思わず人を探すが
普段見飽きているものにかぎって　欲しいときには見当たらない

縮こまりながら　灯台の入り口の左側にある小さな階段をおりる
植物に覆われてしまった　朽ちた小屋があり
その隙間からも視線を感じて　逃げるように干物屋に戻る
遠くで犬が繰り返しないている

眼の裏に

生きなきゃと思いながら
生きてきた

長生きしている人の話をきくと
波乱万丈で
卒倒しそうになる

腕や　皮や　頭が飛び交う中
黒い雨を拭って
必死に生き抜き

苦い土を食んでいた

娯楽が充満している世の中で生きているわたしは
いったいなにに　目が眩んでいるのか
いったいなにを　見つけてきたのか

わたしが今まで見てきたものの大半は
どこか細く長い川の彼方へ
流してしまった

なにもかも立ち行かない日
ベランダから
庭の日陰で揺れる草を見た
地続きになっている
見たことのない人たちや

わたしがいない過去の風景を想像して
太陽を探した

発することができなくても
過去は存在している

静かな眼の裏で
美しい話し方をしている

鯨

博物館で　鯨の骨を見ていた

肉のない　骨だけの鯨
そこにいるのに
もういない鯨

骨の隙間から溢れる光がまぶしくて
思わず目を瞑った

小学生の頃　給食で出た

鯨のサイコロステーキ
赤黒くて　みんな嫌っていた
わたしは　歯の隙間に入り込んでしまうこといがいは好きだった

鯨の鳴き声は
未知の青い世界から　死へ誘いこんでいるようで
とてもきらいだった

骨になった鯨も
人間に調理されて
サイコロくらいの大きさになって食べられた鯨も
かつては　くらい海底で
不安定で　かなしくてこわい声でないていたのだろう

鯨の骨が　突然動き出す

驚いて一歩下がる

骨はわたしに近づき
不安定で　かなしくてこわい声でないた
おもわず耳を塞ぐが
指の隙間から
生命が　青く大きく
からだの中へ広がっていく

骨は
悠々と泳いで
わたしを優しく飲み込んでいった

インカレポエトリ叢書XIII

阿坂家は星のにおい

二〇二二年三月二五日　発行

著　者　澤田 七菜

発行者　知念 明子

発行所　七月堂

〒一五四―〇〇二一　東京都世田谷区豪徳寺一―二―七

電　話　〇三―六八〇四―四七八八

FAX　〇三―六八〇四―四七八七

印刷　タイヨー美術印刷

製本　あいずみ製本

Asakakewa hoshino nioi

Printed in Japan

ISBN978-4-87944-485-1 C0092

乱丁本・落丁本はお取り替えいたします。